지치고 고된 마음을 위한 향기 처방전

향기 약국

민나라 지음

조제사

어릴 적부터 나는 조금 특별했다. 남들과는 다른 세상을 보았다. 사람들의 말이나 표정보다, 그들 주변을 감싸고 있는 미묘한 공기의 흐름과 색깔, 그리고 그 안에서 피어나는 희미한 '향기'가 먼저 느껴졌다.

친구가 넘어져 무릎이 까였을 때, 친구의 아픔보다 그 아이 주변에 번지는 시큼하고 날카로운 '당황의 냄새'를 먼저 맡았다. 모두가 "괜찮아?" 하고 물으며 등을 토닥여 줄 때, 나는 친구에게 다가가 조심스럽게 말했다.

"너한테서 지금.. 젖은 연필 같은 냄새가 나.. 그 냄새 때문에 아픈 거야?"

친구는 영문을 모르겠다는 표정으로 나를 쳐다보았고, 주위의 어른들은 나를 이상한 아이처럼 여겼다. 나는 그저 내가 보고 느끼는 대로 말했을 뿐인데, 왜 사람들은 이해하지 못하는 걸까? 그런 시선들이 쌓일수록 점점 입을 다물게 되었다. 내가 느끼는 특별한 세상에 대해 이야기하는 것이 두려워졌다.

엄마는 그런 나를 걱정하며 크고 작은 다양한 병원에 데려갔다. 하지만 어떤 의사 선생님도 내가 왜 사람들의 감정을 냄새로 먼저 느끼고 색으로 보는지 설명해주지 못했다. 병원을 다녀올 때마다 엄마의 어깨에는 무겁고 축 처지는 '슬픈 냄새'가 배어 있었다. 마치 물을 가득 머금고 있는 통나무들이 겹겹히 쌓여 있는 듯한 냄새였다. 그 냄새가 느껴질 때마다 엄마의 손을 잡고 냉장고로 달려가 오렌지주스를 꺼내 드렸다. 오렌지의 상큼하고 달콤한 향기가 엄마의 슬픈 냄새를 희미하게 만들어 준다는 것을 본능적으로 알았기 때문이다. 엄마가 오렌지주스를 마시며 희미하게 미소 지을 때, 그 주변의 슬픈 냄새가 옅어지고 따뜻한 기운이 피어나는 것을 보며 안심했다. 내가 가진 이 이상한 능력으로도 엄마를 도울 수 있다는 사실에 작게나마 위안을 얻었다.

나는 사람들이 느끼는 감정을 말보다 코로, 그리고 눈으로 먼저 느끼는 아이였다. 기쁨은 반짝이는 금빛의 매우 상큼한 감귤 향기처럼, 슬픔은 축축하고 어두운 회색의 쿰쿰한 지하실 곰팡이 냄새처럼, 분노는 활활 타오르는 붉은 빛의 매콤하고 강렬한 생강 냄새처럼, 외로움은 차갑고 투명한 쇠냄새 처럼... 그들의 감정은 내 눈앞에서 색으로, 빛으로, 향기로, 매우 다양한 형태로 피어났다. 나는 그 향기들을 통해 사람들의 진짜 마음을 읽을 수 있었다. 하지만 대부분의 사람들은 나의 이야기를 믿지 않았고, 나는 점점 더 혼자만의 세계에 갇혀버렸다.

감기에 유난히 자주 걸리던 어린 시절, 기침은 늘 오랫동안 멎지 않아 몇 달씩 밤새도록 콜록거리곤 했다. 그럴 때면 엄마는 달달하고 커다란 배를 사 와서 씨를 파내고 안에 꿀을 가득 넣은 따뜻한 배숙을 매일 밤

마다 해주셨다. 김이 모락모락 나는 배숙을 후후 불어 주시며 한 입씩 먹여주실 때면, 달콤한 배와 꿀의 향기가 내 코와 목을 부드럽게 감쌌다. 잠들기 전에는 늘 잊지 않고 잔 꽃무늬가 그려진 손수건을 내 목에 살짝 묶어 주셨다.

그 손수건에서는 흔히 말하는 <엄마 냄새>가 항상 났다. 동그란 유리병에 핑크색 액체가 담겨 있던 엄마의 샤워 코롱 냄새에 엄마만의 따뜻하고 포근한 체취가 부드럽게 녹아든 냄새였다. 그 향기를 맡으면 세상의 모든 불안감이 사라지는 듯했다. 엄마가 아무 말 없이 손수건을 묶어주며 이마를 짚어주고 머리를 부드럽게 쓰다듬어 주던 그 손길이 더해지면, 차가웠던 마음도 스르륵 녹아내리는 것 같았다. 그 얇은 손수건 한 장이 세상에서 가장 따뜻하고 안전한 이불처럼 느껴졌다. 이런 감정이 선명하게 느껴질 때면, 나는 꼭 작은 노트에 메모를 했다.

엄마 냄새는 신기하다
엄마 냄새를 맡으면
잠도 잘 오고 심장도 따뜻해진다.

이번 감기도 금방 달아날 것 같다.
엄마 냄새가 가득 베인 손수건이
달콤한 듯 씁쓸한 맛이 나는
노오란 시럽 약보다 효과가 백배다.

시간이 흘러 성인이 되어갈수록 몸이 아플 때보다 마음이 아플 때가 더 많아졌다. 세상의 차가운 시선과 이해받지 못한다는 외로움, 그리고 나의 특별함으로 인해 스스로도 혼란스러울 때마다 '엄마 냄새'가 필요했다. 내가 성인이 된 만큼 엄마도 나이가 많이 들었고, 이제 더 이상 아이처럼 엄마에게 조제해달라고 할 수는 없었기에, 스스로 <엄마 냄새>를 재현해보기로 결심했다. 엄마의 화장대 서랍을 뒤져 엄마가 쓰던 샤워코롱을 찾고, 배숙을 만들 때 쓰던 꿀과 엄마 손톱에 늘 채워져 있던 매니큐어, 바디로션, 알코올 등등 비슷한 향이 나는 것들을 조금씩 섞어 댔다. 완벽하지는 않았지만, 익숙한 향의 조각들이 느껴졌다.

작은 그릇에 내가 만든 향기들을 담아 따뜻한 위머 위에 올리고 눈을 감았다. 희미하게 퍼져나가는 향기와 함께, 이내 곧 주위 공기는 어릴 적 맡았던 여리고 따뜻한 잔 꽃무늬 향기로 가득 채워졌다. 부드럽고 포근한 그 공기들은 긴장과 스트레스로 굳어 있던 나의 몸과 마음을 이완시키고, 숨을 편안하게 쉬게 해주었다. 고통스러웠던 마음도, 외로움도 그 따뜻한 향기 속에서 조금씩 위로받았다. 그것은 나 자신을 위해 시도

한 첫 번째 '향기 처방'이었다.

이 경험을 통해 향기가 단지 좋은 냄새를 넘어, 마음을 어루만지고 치유할 수 있는 힘을 가지고 있다는 것을 깨달았다. 내가 가진 특별한 능력이 어쩌면 사람들에게 위로와 도움을 줄 수 있는 귀한 재능일지도 모른다는 생각을 처음으로 하게 되었다.

이후로 나는 주변 사람들에게서 보이는 감정의 공기와 향기를 읽고, 그들에게 도움 될 만한 향기들을 조심스럽게 알려주기 시작했다. 처음에는 의아해하던 사람들도 나의 이야기에 귀 기울이기 시작했고, 놀랍게도 나의 조언과 작은 향기들이 그들의 마음에 긍정적인 변화를 가져온다는 것을 느끼게 되었다. 불안했던 마음이 차분해지고, 슬픔에 잠겨 있던 얼굴에 희미하지만 차분한 미소가 피어나는 것을 보며 큰 보람을 느꼈다. 사람들은 이런 나의 특별함을 필요로 하기 시작했다.

엄마 손수건의 온기를 품고 자란 나는, 이제 나처럼 마음이 아프거나 지친 사람들의 마음에 온기를 더해주는 일을 하기로 결심했다. 그렇게 나는 사람들의 마음을 읽고 치유하는 향기를 조제하는, 세상에 단 하나뿐인 '향기 조제사'가 되었다.

약국

싱그러운 초록빛 잎파리가 나뭇가지마다 가득 채워지기 시작한 초여름 날이었다. 오후의 햇살은 유리알처럼 맑았고, 가벼운 바람이 살랑이며 피부에 닿는 온기가 따뜻하게 느껴졌다. 익숙하게 걷던 동네 골목길을 따라 걷고 있는데, 문득 한구석에 자리한 낡고 작은 가게 하나가 내 눈길을 잡아끌었다. 마치 오랜 시간 그 자리에 숨어 있었던 것만 같은, 조용하고 흐릿한 존재감의 가게였다. 평생을 이 동네에서 살았지만, 한 번도 존재를 인지한 적이 없던 곳이었다. 그곳은 사람들이 무심코 지나칠 수밖에 없을 만큼 일상 속에 깊숙이

스며들어 있었다. 오랫동안 외롭게 서 있던 고목처럼, 골목의 풍경 일부처럼 자연스럽고 익숙한 존재가 되어 있었을지도 모른다. 어쩌면 이곳은 더 이상 무언가를 파는 상점이 아니라, 그저 이 자리에 늘 서 있었던 오래된 담장이나 무채색의 벽처럼 사람들에게 느껴졌을 것이다.

발걸음을 멈추고 그 자리에 잠시 멈춰 서서 가게를 가만히 바라보았다. 오래된 건물의 유리문은 처음 지어졌을 때는 분명 투명했을 테지만, 긴 세월을 견디느라 뿌옇게 흐려져 내부를 제대로 볼 수 없었다. 유리 위에는 시간의 더께처럼 오래된 얼룩이 군데군데 얼룩져 있었고, 손잡이는 수많은 사람들의 손길을 기다렸을까, 아니면 외롭게 닳아버린 것일까, 쓸쓸하게 빛을 잃고 낡아 있었다. 벽면 위로는 어떤 가게였는지 짐작조차 하기 어려운, 희미하게 색 바랜 간판 자국만이 아련하게 남아 있었다.

'문방구였을까? 아니면 구두 수선집?
어쩌면 작은 동네 서점이었을지도 몰라.'

그곳의 과거를 정확히 알 수 없었지만, 그 낡은 공간이 주는 특유의 편안함과 묘한 끌림은 분명하게 느껴졌다. 세상의 소음으로부터 한 발짝 물러난 듯한 고요함 속에서, 나는 왠지 모를 '숨 쉴 틈' 같은 여유를 발견했다. 한동안 그 앞에 서서 깊이 숨을 들이마셨다. 묵은 먼지 냄새와 오래된 나무 냄새가 섞인 공기 속에서, 알 수 없는 안도감을 느꼈다.

다음 날, 어제 발견한 그 가게를 다시 찾아갔다. 문을 열고 안으로 들어서자, 바깥의 밝은 햇살과는 다른, 따스한 햇살이 창문을 통해 은은하게 스며들고 있었다. 창살을 통과한 빛줄기는 바닥 위에 조용히 내려앉았고, 그 빛 속에서 공기 속에 부유하던 먼지들이 마치 작은 요정들처럼 춤추듯 반짝였다. 오래된 테라조 무늬의 바닥은 초등학교 시절 물청소를 하고 난 직후의 복도처럼 친근한 물 냄새가 희미하게 묻어났다. 그 익숙하고 친숙한 냄새에 잠시나마 어린 시절로 돌아간 듯한 기분에 젖었다. 낡은 나무 선반들은 듬성듬성 벽을 따라 놓여있었고, 세월의 무게를 견디며 깊어진 나뭇결이 오히려 마음을 차분히 가라앉혀 주는 안정감을 주었다.

이곳이라면 사람들의 지친 마음이 편히 쉴 수 있을 것 같다는 강한 예감이 들었다. 북적이는 세상의 시선으로부터 벗어나 조용하고 눈에 띄지 않는 공간, 아무에게도 들여다보이지 않아 오히려 자신의 진짜 마음을 안심하고 털어놓을 수 있는 곳. 그런 공간이라면 사람들의 마음에 스민 복잡한 공기를 읽고 그들에게 필요한 향기를 조제하는 나의 일과 더없이 잘 어울릴 것 같았다.

'아무도 들여다보지 않는 곳이라면,
마음이 쉬어 가기엔 더 좋을지도 몰라.'

그렇게 나는 이곳, 낡고 조용한 공간에 나만의 '향기 약국'을 열기로 결심했다. 아주 작고 소박한 공간이지만, 이곳을 찾아오는 이들에게는 세상의 시름을 잠시 잊고 마음을 기댈 수 있는 그 어디보다도 따뜻하고 안전한 피난처가 되기를 바랐다.

햇살이 잘 드는 창문을 활짝 열고 본격적인 대청소를 시작했다. 먼저 나무 선반 위에 두텁게 쌓여 있던 먼지를 조심스럽게 닦아냈다. 오래 묵은 먼지는 손이 닿

자마자 공중으로 부드럽게 날아올랐고, 공간 속에 먼지가 사라진 자리엔 깨끗한 물 냄새가 스며들었다. 빛바랜 테라조 바닥도 정성껏 닦아냈다. 얼룩 하나하나를 지울 때마다 공간은 조금씩 선명하고 생기있게 되살아났다.

그렇게 대청소를 끝내고 나니, 낡았던 가게는 숨겨진 아름다움을 드러냈다. 깨끗해진 나무 선반 위로 오랜 시간 정성껏 모은 다양한 향료를 하나씩 채우기 시작했다. 선반 위로 놓인 갈색 유리병은 작은 보석처럼 빛났다. 반짝이는 유리병 속에 담긴 오일들은 각각의 향을 품고 있었고, 공간 속에서 향기와 빛은 천천히 어우러져 작은 물결처럼 퍼져나갔다. 조제된 향기를 담아 손님들에게 건네줄 작고 예쁜 유리병들도 빈틈없이 자리를 잡았다. 하나둘 향료들이 늘어나고 반짝이는 유리병들이 선반을 가득 채우자, 이전의 갈색과 회색의 단조로웠던 공간은 점점 살아있는 듯한 무지갯빛 향기의 공기로 채워지고 있었다.

출입구 문 안쪽 구석에는 작은 테이블과 의자 두 개를 두었다. 손님들이 향기 조제를 기다리는 동안 앉아

서 쉴 수 있는 공간이기도 했지만, 무엇보다 나와의 거리를 조금이라도 편하게 둘 수 있도록 마련한 배려였다. 이곳에 오는 손님들은 대부분 깊은 마음의 무게를 가지고 있을 것이다. 타인과 마주하는 것조차 버거울 수 있는 그들이 편히 앉아 충분히 숨을 고르고 기다릴 수 있도록 아늑한 공간을 준비하고 싶었다.

약국의 입구에는 손님들이 편하게 볼 수 있는 안내문을 작고 섬세하게 붙였다.

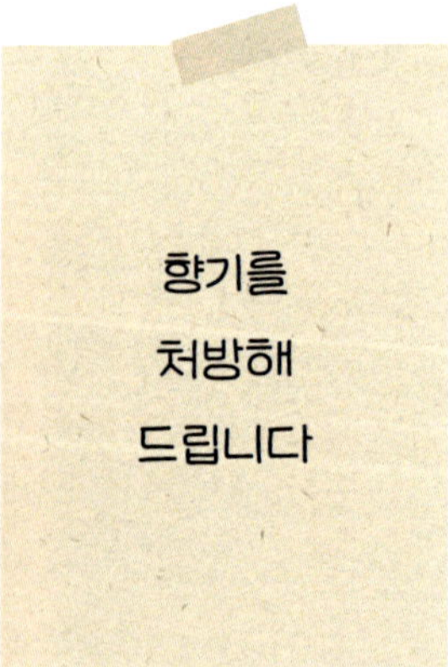

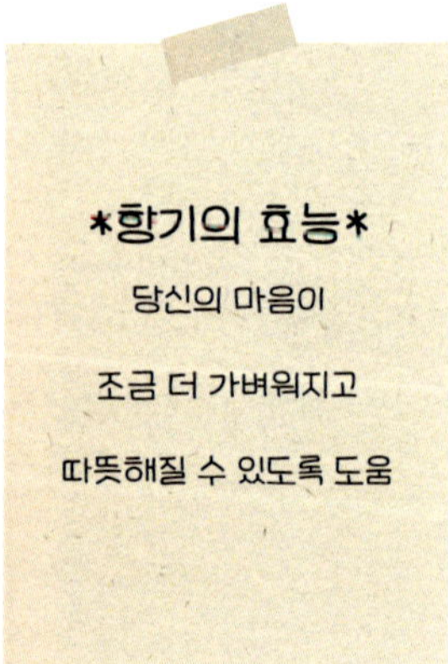

마침내 '향기 약국' 문을 처음으로 연 날, 나는 떨리는 마음으로 새로 마련한 노트에 첫 번째 기록을 남겼다. 어린 시절 엄마 냄새를 맡고 나의 감정을 기록했던 그 노트처럼, 이곳에서 만나는 사람들의 마음과 향기를, 그리고 그들과 함께 만들어갈 이야기들을 정성껏 기록해 나갈 것이다.

2022. 10. 22.

이곳에 찾아오는 손님들이
향기를 통해 조금은 가벼워진 숨을 쉴 수 있기를.

그들의 마음이 이 곳에서
아주 조금이라도
쉬었다 갈 수 있기를.

약국은 여전히 간판도 없었고 쉽게 눈에 띄지 않았지만, 신기하게도 마음이 지치고 오래 아팠던 사람들에게만은 밝은 네온사인처럼 빛나는 공간이 되었다.

그들은 그 빛을 따라 이곳을 찾았고, 나는 조용히 그들의 이야기를 듣고, 마음을 읽고, 향기를 처방했다.

향기 약국은 그렇게 사람들의 마음이 조금이나마 숨 쉬고 위로받을 수 있는 따뜻하고 작은 피난처로 존재하게 되었다.

아무것도 느껴지지 않은

초여름의 무거운 더위를 식혀주는 여름비가 시원하게 쏟아지던 하루였다. 하늘은 잔뜩 흐려져서인지 약국 안은 낮인데도 어스름한 오후처럼 차분했다. 빗방울은 약국 창문을 두드리며 마치 작은 북소리를 만들어냈고, 습기를 머금은 비 냄새가 촉촉하게 공간을 채웠다. 창문을 따라 주르륵 흘러내리는 빗줄기를 바라보고 있자니, 세상의 소음으로부터 분리된 듯한 고요함 속에서 마음이 절로 잔잔히 다독여지는 기분이었다.

그때, 약국의 낡은 문이 조심스럽게 열렸다. 삐걱

이는 소리와 함께 들어선 사람은 축 처진 어깨에 검은 색 정장을 입은 남자였다. 그의 머리카락은 언제 마지막으로 다듬었는지 모를 만큼 제멋대로 헝클어져 있었고, 안경 위로 빗방울이 작은 무늬처럼 흩뿌려져 있었다. 그는 문턱을 넘어섰지만, 약국 안으로 완전히 들어오지 못하고 한참 동안 그 자리에 멈춰 서 있었다. 마치 자신이 왜 이곳까지 걸어왔는지, 왜 이 문을 열었는지 기억조차 나지 않는 사람처럼 보였다. 혹은 그저 더 이상 나아갈 힘이 없어 어디든 멈추고 싶어서 이곳을 찾은 사람처럼. 그의 모습에서 깊은 피로와 길을 잃은 듯한 막막함이 느껴졌다.

그의 주변을 감싸고 있던 공기는 무겁고 흐릿했다. 마치 미세먼지로 가득한 도시의 하늘처럼, 회색도 흰색도 아닌 뿌연 안개 같은 공기가 그의 몸에서 천천히 스며 나와 약국 안으로 퍼졌다. 그 공기에서는 아무런 색깔도, 아무런 냄새도 느껴지지 않았다. 모든 감정이 소진되고, 모든 의욕이 사라진 듯한 무기력과 지침으로 가득 찬 향기였다. 너무 오랫동안 자신을 몰아붙여, 이제는 아무것도 느끼지 못하게 된 사람에게서 나는 향기.

천천히 그에게 다가가 최대한 부드러운 목소리로 인사를 건넸다.

"어서오세요, 향기를 처방해 드릴까요?"

남자는 아무 대답 없이 그저 고개만 더욱 깊이 떨군 채 서 있었다. 짧은 침묵이 지나고, 그는 길고 무거운 한숨을 후우- 하고 내쉬었다. 그 한숨이 공간에 퍼지자, 약국의 공기도 잠시 무겁게 흔들렸다.

그를 문옆에 마련된 작은 테이블 의자에 앉도록 안내했다. 그리고는 따뜻한 자스민 차를 한 잔 건넸다. 유리컵에서 옅은 노란빛의 자스민 차와 함께 하얀 김이 조용히 올라왔다. 은은한 자스민 향기가 약국 공기 속에 스며들었다. 남자는 잠시 망설이더니, 차가운 손으로 따뜻한 컵을 감싸 쥐고 천천히 차 한 모금을 마셨다. 컵을 들고 있는 그의 손가락 끝이 아주 미세하게 떨리는 것이 보였다. 오랫동안 긴장하고 버텨왔다는 흔적이었다.

잠시 기다렸다가 향기를 조제하러 자리로 돌아갔다. 다 타버리고 지친 마음에 필요한 것은, 무리하게 힘을 내라고 일으켜 세우는 자극적인 향기가 아니라 그저 옆에서 조용히 위로해주는 온기 같은 향기였다.

차분히 유리병 하나하나를 꺼내어 향료를 천천히 섞기 시작했다.

- [ ] *탑: 베르가못
- [ ] 햇살이 흐린 구름 사이로 살며시 비집고 들어오는 듯, 한 줄기 빛처럼 숨통을 부드럽게 틔워주는 향
- [ ] *하트: 라벤더
- [ ] 지난 시간들의 아픔과 지친 마음을 다독이며, 잠시라도 쉬어갈 수 있게 위로
- [ ] *베이스: 샌달우드
- [ ] 깊은 숲 속에서 조용히 서 있는 오래된 나무처럼 묵직하고 따뜻한 안정감
- [ ]
- [ ]

향료들이 천천히 섞이며 약국 안으로 향이 잔잔하게 퍼져 나갔다. 유리병 속에서 색이 다른 액체들이 마치 서로를 위로하듯 하나의 향기로 어우러졌다.

조제를 마치고 그에게 향기가 담긴 작은 유리병을 가져다주는 순간, 남자는 마침내 깊은 침묵을 깨고 입을 열었다.

"12년 동안... 정말 회사를 위해 제 몸과 마음을 바쳐 일했어요. 처음에는 그게 열정이라고 생각했죠. 야근도 마다하지 않고, 주말에도 출근하면서 인정받으려고 애썼어요. 열심히 할수록 성과가 보였고, 회사에서도 인정받으니 더 욕심이 났죠. 그런데... 언젠가부터 문득 돌아보니 제 주변에는 아무도 없고, 왜 이렇게까지 살았나 싶은 생각이 들더라고요. 마치 텅 빈 공간에 혼자 서 있는 기분이있어요. 지금은... 아무것도 하고 싶지 않아요. 그냥 모든 게 다 의미 없는 것처럼 느껴져요."

그의 목소리는 낮고 깊었다. 자스민 차가 목소리를 조금이나마 녹여주는 것 같았다.

나는 이야기를 조용히 들어주었다. 목소리 속에는 깊은 허무함과 후회가 배어 있었다. 향기가 든 작은 병을 테이블 위에 조용히 놓아주었다. 그는 말하는 동안 병의 뚜껑을 천천히 열었고, 라벤더와 샌달우드의 잔잔한 향기가 가볍게 퍼져나갔다. 그는 향기를 맡으며 무심결에 눈을 감았다. 천천히 숨을 들이마시고 내쉬는 동안, 그의 미간에 단단하게 맺혀 있던 긴장이 아주 미세하게 풀려나가는 것이 보였다. 어깨를 짓누르던 무거운 공기의 무게도 조금씩 가벼워지는 듯했다. 작은 침묵 끝에, 그가 작게 중얼거렸다.

"아무 냄새도 안 난다고 생각했는데… 이상하네요. 뭔가… 살아있는 냄새가 느껴지는 것 같아요."

나는 고개를 끄덕이며, 그의 마음이 향기에 반응하기 시작했음을 느꼈다.

"지친 마음에는 향기가 조금 늦게 도착해요.
아주 천천히…지금처럼요."

남자는 그 후에도 약국에 한참 동안 머물며 자신이 일했던 회사에서의 시간, 지나온 삶에 대해 천천히 이야기했다. 나는 서두르지 않고 그의 이야기에 귀 기울여주었다. 그가 마음속 깊이 묻어두었던 이야기들을 털어놓을수록, 남자를 둘러싸고 있던 미세먼지 같던 회색 공기는 점점 옅어져 갔다. 비록 그것이 단숨에 완전히 사라지는 것은 아니었지만, 그의 공기 속으로 작고 연한 새싹이 움트듯 따스하고 생기 있는 향기가 아주 천천히 번져나가는 것이 보였다.

저녁이 가까워지자, 창문을 두드리던 빗소리가 조금씩 잦아들고 비는 거의 그치기 시작했다. 평소 같으면 약국 문을 닫을 시간이었지만, 나는 그의 지친 마음에 온기가 더 오래 머물기를 바라며 약국 문을 조금 더 오래 열어 두기로 했다.

누군가의 마음이 완전히 닫히기 전에, 지친 공기 속에서도 따뜻한 향기가 계속 흘러 들어갈 수 있도록.

그날 밤, 약국 문을 닫고 노트에 오늘의 기억을 기록했다. 창문을 열자 빗물이 맺힌 나뭇잎들 사이로 시원하고 깨끗한 바람이 불어왔다. 비가 그친 후의 공기는 약국 안을 맑게 씻어냈고, 낮에 조제한 향기의 잔향이 은은하게 퍼져 나갔다. 그 향기는 마치 하루 종일 지친 사람의 마음을 조용히 지켜주었던 작은 온기 같았다.

2023. 6. 2. 비 오는 날

마음이 지친 사람은

자신이 지쳤다는 것조차 느끼지 못할 때가 많다.

그런 사람들에게 향기는

오래도록 기다려주는 친구 같은 역할도 해낸다.

아직 도착하지 않은

하늘과 땅의 경계가 흐릿한 빛으로 물들어가던 시간이었다. 길었던 하루가 저물어가며 해가 천천히 기울었고, 공기는 부드러운 붉은빛으로 물들어갔다. 약국 안에는 분위기와 어울리는 잔잔한 음악이 흐르고 있었고, 내일 손님들을 맞을 준비를 하며 약국 안을 천천히 정리하고 있었다. 그 고요한 시간 속에서 마음이 차분하게 가라앉는 것을 느꼈다.

그때, 약국의 낡은 문이 아주 천천히, 마치 무언가를 망설이듯 조심스럽게 열렸다. 삐걱이는 소리가 고요를 깼지만, 요란하기보다는 오히려 조심스러운 발걸음을 알리는 소리 같았다. 입구엔 한 청년이 서 있었다. 그의 표정은 마치 투명한 유리처럼 금방이라도 깨질 듯 위태로웠고, 주변을 감싸고 있던 공기는 불안으로 가득 차 있었다. 어깨는 무거운 짐을 지탱하는 듯 축 처져 있었고, 구부정한 자세는 금방이라도 주저앉을 것만 같았다. 옅은 체크무늬 셔츠와 낡아서 색이 바랜 청바지, 몸집에 비해 너무 커 보이는 백팩의 끈을 손에 땀이 나도록 꼭 붙잡고 있는 손끝에서 깊은 불안과 초조함이 고스란히 느껴졌다. 청년의 주변에서 서서히 뻗어나오는 무겁고 탁한 공기는 약국 안의 맑은 공기를 조금씩 흐릿하게 만들고 있었다.

그가 한참을 망설이다가, 겨우 입을 열어 소용하고 나지막한 목소리로 말했다. 마치 이곳이 자신이 들어올 만한 곳인지 확신이 서지 않는 듯한 목소리였다.

"혹시 여기 진짜 약도 파는 곳인가요?"

나는 그의 불안한 눈빛을 마주하며 미소를 지었고, 천천히 고개를 저었다.

"아뇨, 진짜 약은 아니에요.
하지만 복잡한 공기를 바꿔주고
지친 마음을 어루만져주는
향기를 조제해 드리고 있어요."

청년은 작은 안도의 한숨과 함께 깊은 실망감이 뒤섞인 듯한 한숨을 쉬더니, 고개를 조금 더 숙이며 낮고 힘없는 목소리로 중얼거렸다.

"죄송한데… 향기 조제는 비용이 얼마나 하나요..? 제가 이런 곳에 와도 되는지 잘 모르겠네요. 혹시 너무 비싸면 좀 부담스러워서…"

자신감이 없는 그의 목소리 속에서 왠지 모르게 깊은 자존감의 상처가 느껴졌다. 나는 가볍게 웃으며, 그가 안심힐 수 있노록 말했다.

"일반 약값이랑 거의 비슷해요. 부담스러운 금액이 아니랍니다. 사람들은 대부분 이곳에 오기 전까지 자신이 와도 되는 곳인지 망설여요. 하지만 신기하게도 이곳은 마음이 지치고 길을 잃은, 꼭 필요한 사람만 찾아오는 공간이거든요. 당신이 이곳에 오신 것도 분명 이유가 있을 거예요."

청년은 어색한 미소를 살짝 짓더니, 약국 입구 쪽에 마련된 작은 테이블 의자에 힘없이 앉았다. 그의 어깨를 짓누르는 무거운 공기가 그와 함께 자리에 앉았다. 나는 그의 곁으로 천천히 걸어가며, 그의 어깨에서부터 퍼지는 짙고 무거운 흑색의 공기가 내 발에 닿기 전에 적당한 거리를 두고 조심스럽게 물었다. 너무 가깝지도, 너무 멀지도 않은, 그의 마음이 편안함을 느낄 만한 거리였다.

"요즘… 어떻게 지내고 계세요?"

청년은 한동안 말없이 고개를 숙이고 있었다. 그의 머리 위로는 무거운 흑색 공기가 일렁이고 있었다. 창 밖은 이미 어둑해졌고, 골목길의 가로등이 하나둘씩 켜지며 희미한 노란색 빛을 내며 어둠 속으로 천천히 흩어지고 있었다. 노란빛과 대비되는 청년의 무겁고 어두운 공기가 그의 주변을 더욱 선명하게 에워싸는 것처럼 느껴졌다.

그는 잠시 머뭇거리다가, 마치 억눌렸던 감정을 토해내듯 천천히 이야기를 꺼냈다. 그의 목소리는 처음보다 조금씩 커졌지만, 여전히 깊은 슬픔과 좌절감이 배어 있었다.

"면접에서.. 또 떨어졌어요. 벌써 몇 번째인지 셀 수도 없어요. 남들 다 하는 자격증도 따고, 스펙 쌓으려고 봉사활동도 하고, 이력서도 셀 수 없이 쓰고, 면접 스터디까지… 정말 취업에 좋다는 건 다 했어요. 몇 년 동안 쉬지 않고 도서관에서만 살았죠. 처음에는 괜찮았어요. 누구나 겪는 과정이고, 노력하면 될 거라고 생각했으니까. 그런데 시간이 갈수록 점점 저만 제자리에 남아 있는 기분이에요. 친구들은 다들 하나둘씩 취업에 성공해서 사회생활을 시작했는데, 저는 아직도 이렇게… 아무것도 이루지 못하고 이러고 있네요. '어딘가 보자라고 쓸모없는 사람인가 부족한 사람인가' 하는 생각이 들어요."

가만히 그의 이야기를 들었다. 그의 목소리 속에서 느껴지는 절망감과 자기 비하가 나의 마음까지 무겁게 만들었다. 그를 둘러싼 무겁고 짙은 공기 속에서는 오래된 종이책의 퀴퀴한 냄새와 매일같이 도서관과 집을 오가며 닳고 닳아 얇아진 신발 밑창의 고무 냄새가 희미하게 섞여 있었다. 하지만 무엇보다 분명하게 느껴지는 것은, 자기 자신을 끝까지 몰아붙이고 압박하며 스스로를 괴롭히는 완고한 무력감과 깊은 회의감이었다. 그의 공기는 마치 그의 지친 영혼을 짓누르는 거대한 바위 같았다.

그는 잠시 숨을 고른 뒤, 목소리를 더 낮추며 말을 이어갔다. 그의 눈빛이 흔들리는 것이 보였다.

"얼마 전에 정말 친했던 친구가 밥 사준다고 불러서 나갔는데, 친구가 목에 회사 사원증을 걸고 있더라고요. 축하해줘야 하는데… 진심으로 기뻐해주고 싶은데… 그걸 보니 너무 화가 나고 제가 한심하게 느껴지면서 질투가 나더라고요. 제 자신이 너무 비참했어요. 그 뒤로는 친구들도 못 만나겠고, 명절에도 취업했냐고 묻는 친척들 마주치기가 싫어서 방에서 나오지 않아요."

그의 목소리는 점점 작아졌고, 떨리는 음성에는 타

인과의 비교 속에서 느끼는 깊은 열등감과 스스로에 대한 불안이 깃들어 있었다.

"다들 결국 어떻게든 해내던데, 왜 나만… 내가 뭘 그렇게 잘못한 건지 모르겠어요. 더 이상 어떻게 노력해야 하는지도 모르겠어요. 이젠 제가 이 세상 어디서도 불필요한 사람 같아요…."

그의 마지막 말과 함께 그의 주변을 감싼 흑색 공기가 더욱 짙어지며 날카로운 파편처럼 뻗어 나왔다. 그의 <불안>이 얼마나 깊고 무거운지 느낄 수 있었다. 불안이라는 감정은 투명하면서도 날카로운 칼날 같은, 쉽게 걷어낼 수 없는 특유의 향기를 가지고 있었다. 그 향기는 차갑게 피부 가까이에 달라붙어 쉽사리 사라지지 않는 특성을 지녔다. 그 짙은 흑색의 공기가 청년의 온 몸을 점점 더 강한 힘으로 짓누르고, 그의 숨통을 조여오는 듯했다.

나는 천천히 조제실로 걸음을 옮겼다. 마음속으로 향료들의 조합을 천천히 적어내려가며 향료병을 하나씩 집어 들었다.

*탑: 버베나, 베르가못

상쾌한 공기로 불안과 걱정을
부드럽게 걷어내 주는 향.

*하트: 오렌지 블라썸

부드럽고 따뜻하게,
마음속 자존감을 다시 두드려 깨워주는 향.

*베이스: 시더우드

묵직한 나무처럼 흔들리는 마음을
안정적으로 잡아주는 향.

유리병 속에서 황금빛과 옅은 녹색을 띤 향기들이 천천히 서로를 감싸듯 하나로 어우러졌다. 곧 약국 전체로 퍼지는 향기는 맑으면서도 따뜻했고, 은은한 활력을 불어넣는 듯했다.

조제를 마치고 향기가 담긴 작은 유리병을 청년이 앉아 있는 테이블로 가져다주었다. 그는 눈을 감고 조용히 향기를 깊고 천천히 들이마셨다. 그의 곁에 조용히 서서 그가 향기를 느끼는 시간을 기다려주었다. 몇 번이고 길게 심호흡을 반복하더니, 조심스레 눈을 뜨며 물었다.

"이건… 무슨 향인가요?"

나는 그가 느끼는 감정의 변화를 읽으며 부드러운 미소를 지었다.

"지금 이대로도 괜찮다고, 당신은 이미 충분히 잘 해왔고 앞으로도 잘해낼 거라고 위로해 주는 향기예요. 세상의 속도에 맞추려 자신을 다그치지 않아도 괜찮아요. 누구나 자신의 삶의 속도와 방향은 모두 다른 법이니까요. 지금 당장 눈에 보이는 성과가 없더라도 스스로를 부족하다고 여기지 마세요. 이 향기와 함께 깊이 숨을 쉬면서, 잠시 잊고 있던 당신의 진짜 이름과 당신의 가치를 다시 불러주세요."

청년은 약국에 아주 오래 앉아 있었다. 조제된 향기를 천천히 들이마시며, 더 이상 시간과 경쟁하며 자신을 몰아붙이는 대신, 오랜만에 천천히 깊고 고요한 숨을 쉬었다. 주변을 감쌌던 무거운 흑색 공기가 향기와 함께 조금씩 옅어지면서, 그의 마음에 처음으로 자신에게 '괜찮다'고 말할 수 있는 여백이 생긴 듯했다. 얼굴에 드리워졌던 그늘이 조금씩 걷히고 희미한 빛이 스며들기 시작했다.

저녁 어스름이 완전히 내리고 밤이 되었을 때, 청년은 조용히 자리에서 일어났다. 그의 어깨는 처음 왔을 때보다 조금은 가벼워 보였다. 약국 문을 열고 나가는 그의 뒷모습에서 느껴지는 공기는 더 이상 무겁지도, 날카롭지도 않았다. 짙었던 흑색은 거의 사라졌고, 그 자리를 채운 것은 맑고 가벼운 여름밤의 향기, 그리고 그 안에 희미하게 섞인 희망의 향기만이 조용히 남아 있었다.

그날 밤, 약국 문을 닫고 노트에 오늘의 기억을 기록했다.

2023. 8. 10. 어스름한 저녁

아직 도착하지 않은, 길고 긴 갈림길 위에서
불안해하고 방황하는 사람들의 등 뒤엔
언제나 새로운 공기가 따라붙는다.

오늘 청년이 천천히 뒤돌아 약국을 나갈 때,
나는 작은 안도의 숨을 쉬었다.

내가 '나'로 되는

약국에 찾아오는 손님들의 마음을 담은 향기 처방 레시피는 늘 작은 노트에 꼼꼼히 기록했다. 그들의 감정의 색과 질감, 그리고 조제한 향기의 조합과 효과까지. 언제든 다시 그 향기를 떠올리고 필요한 누군가에게 도움을 줄 수 있도록, 조제된 샘플 향기도 함께 만들어 선반 위 작은 유리병에 정성껏 라벨링을 해두었다.

시간이 흐를수록 메모로 빼곡한 노트는 한 권에서 두 권, 다시 수십 권으로 늘어나기 시작했고, 다양한 색과 향을 품은 유리병들도 낡은 나무 선반을 빈틈없이 채워갔다. 약국은 점점 더 많은 이야기와 향기로 가득한 공간이 되어갔다.

하지만 노트가 늘어나고 손님들이 많아질수록, 약국에서의 나의 시간들은 점점 희미해져가는 듯했다. 예전에는 메모를 다시 펼쳐보기만 해도 그 향기의 색과 결이 눈앞에 선명하게 그려졌는데, 어느 순간부터는 아무리 노트를 들여다보아도 향기가 보이지 않는 경우가 있었다. 마치 기억의 일부가 지워진 것처럼 느껴졌다. 당황한 채 서둘러 샘플 유리병을 찾아 뚜껑을 열어보고서야 코끝으로 느껴지는 향기를 통해 기록의 의미를 다시 확인할 수 있었다.

점점 나의 감각이, 그리고 기억이 흐릿해지고 있었다. 찾아오는 손님들이 늘어나면서 그들의 이야기에 귀 기울이고 감정을 읽어내는 일에 온 힘을 쏟다 보니, 체력적인 한계를 넘어 내 마음의 여백까지도 점점 지워지는 듯했다. 아침에 나와 노트를 정리하고 유리병을 들여다보는 것만으로도 오전이 쏜살같이 지나가버릴 만큼 하루하루가 분주했다.

그날도 그렇게 분주하게 오전을 보내고, 잠시 숨을 돌리려던 참이었다.

약국 문이 조심스럽게 열리고 한 여자가 들어왔다. 그녀는 자신이 이 작은 공간의 '손님'이 될 자격이 있는지 확신이 없는 듯, 불안한 눈빛으로 입구에서 한참을 망설이며 서 있었다.

"저… 여기 그냥 들어와도 되는 곳 맞나요? 친구에게 향기로 마음을 치료하는 곳이라고 소개받아서…."

나는 하던 일을 멈추고 그녀의 눈을 보며 따뜻하게 고개를 끄덕였다. 그녀의 불안한 마음을 조금이라도 안심시켜주고 싶었다.

"물론이죠. 어떤 마음이든 괜찮아요. 어서 오세요."

그녀는 마흔이 채 되지 않은 듯 보였지만, 눈 밑에는 잠들지 못한 수많은 밤이 깊은 그늘처럼 내려앉아 있었다. 푸석푸석한 피부와 생기 없는 머릿결, 그리고 목이 한껏 늘어나 축 늘어진 티셔츠는 마치 그녀를 꽉

끌어안고 숨통을 죄고 있는 듯 답답해 보였다. 허공을 바라보는 그녀의 시선에서는 현실의 무게와 도망치고 싶은 간절함이 동시에 느껴졌다. 자신을 위한 작은 쉼이라는 단어마저 사치처럼, 혹은 죄책감처럼 여겨지는 그녀의 공기가 흐릿하고 무거웠다. 자신의 색깔을 잃어버린 듯한 투명한 공기.

나는 그녀를 테이블로 안내하고 따뜻한 캐모마일 차를 한 잔 내어 주었다. 은은한 캐모마일 향기가 그녀의 주변 공기 속으로 스며들었다. 컵을 잡은 그녀의 손이 처음에는 아주 미세하게 떨렸다가, 따뜻한 온기가 손끝에 전해지자 천천히 멈추었다. 차를 조금씩 마시며 몸에 온기가 돌고 긴장이 풀리자, 그녀는 깊게 숨을 크게 쉬고 천천히 이야기를 꺼내기 시작했다.

"아이가… 이제 두 돌이 넘었어요. 정말 예쁘고, 사랑스럽죠. 아이가 웃을 때면 세상 전부를 가진 것 같아요. 아이는 정말 예쁜데… 저는 이상하게 계속 울고 싶다는 생각만 들어요. 제 마음대로 감정이 조절이 안 돼요. 갑자기 아무것도 아닌 일에 아이에게 화를 막 내고, 그러고 나면 또 너무 미안해지고… 그러다가 혼자 방

구석에 앉아 너무 슬퍼져서 엉엉 울고 싶어져요. 그런데… 가만히 앉아 마음 놓고 엉엉 울 수 있는 시간조차 없어요. 아이가 부르면 또 달려가야 하니까….”

나는 아무 말 없이 그저 고개를 끄덕이며 이야기를 들었다. 그녀의 목소리 속에서 끝없는 책임감과 깊은 고립감이 느껴졌다. 엄마라는 이름 뒤에 자신의 진짜 이름을 잃어버린 사람의 슬픔. 그녀의 주변을 감싸고 있던 흐릿한 공기가 더욱 짙어지는 것을 보았다. 그리고 천천히 조제실로 향했다.

평소 같았으면 손이 기억하는 대로 바로 필요한 향료를 골라 조제했겠지만, 이번에는 무엇을 선택해야 할지 잠시 머뭇거렸다. 그녀의 공기는 너무 흐릿해서 어떤 향기가 필요할지 명확하게 느껴지지 않았다. 나의 감각이 또 흐릿해진 것 같아 불안감이 스쳐 지나갔다. 하지만 곧 깨달았다. 지금 그녀에게 필요한 것은, 단순히 부정적인 감정을 덮어주는 향기가 아니었다. 너무 오랫동안 ‘엄마’로서만 존재하며 잃어버린, 다시 ‘나’ 자신을 선명하게 마주하게 하는 향기여야 했다.

조제실에서 잠시 멈춰 그녀를 바라보았다. 그녀는 다시 이야기를 이어갔다. 목소리는 더 낮아졌고, 눈빛은 더 깊은 곳을 응시하고 있었다.

"제가 원래 어떤 사람이었는지도 기억이 잘 나질 않아요. 뭘 좋아했고, 뭘 싫어했고, 어떤 꿈을 꾸었는지… 아이를 키운 지 이제 겨우 몇 년인데… 신기하죠? 제 인생 전체가 아이 중심으로 재편된 것 같아요. 어느 날은 밤새 울다 지쳐 잠든 아이를 안고 베란다 창문 밖을 바라보다가, 문득 '여기서 뛰어내리면… 이 모든 힘든 상황에서 벗어날 수 있을까? 많이 아플까?' 이런 생각을 하고 있는 거예요. 그 순간… 제가 너무 무서웠어요. 이런 끔찍한 생각을 하는 제 자신이…"

그녀의 주변에서 공기가 더욱 흐릿하게 흔들렸다. 마치 존재 자체가 희미해지는 듯한 위태로운 공기였다. 자신을 완전히 잃어버리고, 절벽 끝에 서 있는 사람의 공기. 그 공기는 아무런 빛도, 색깔도 없이 그녀의 피부에 차갑게 달라붙어 있었다.

그때, 그녀의 공기 속에서 나의 흐릿해진 공기의 그

림자를 보았다. 나 역시도 사람들의 감정을 읽어내고 그들에게 필요한 향기를 조제하는 일에만 몰두한 나머지, 정작 나의 마음은 들여다보지 못하고 있었던 것은 아닐까. 나 역시 '향기 조제사'라는 역할 뒤에 나의 진짜 모습을 잃어가고 있었던 것은 아닐까. 그녀의 절망적인 모습은 나에게 경고처럼 다가왔다.

심호흡을 하고 다시 향료 병들 앞에 섰다. 나 자신에게 필요한 향기를 조제하듯, 차분히 향료 병을 꺼내 조제하기 시작했다. 그녀의 잃어버린 자존감을 되찾아주고, 다시 '나'로서 숨 쉴 수 있게 해줄 향기.

*탑: 오렌지, 민트

긴장을 풀어주고 잃어버린 웃음을 되찾아주는
밝고 싱그러운 에너지
+ 흐릿해진 자신을 또렷하게
일깨워주는 상쾌한 민트 한 방울

*하트: 다마스크 로즈, 피오니

깊은 피로와 감정의 고갈을 따뜻하게 감싸고,
잃어버린 자존감을 다시 되돌려 주는 향
다시 여성으로, 그리고 한 사람으로서의
존재감을 회복하게 하는 포근한 꽃의 향기

*베이스: 화이트 머스크, 샌달우드

흔들리는 마음을 조용히 붙들어주는
안정감과 깊이 있는 향기
스스로를 부드럽게 안아줄 수 있도록
포근하고 따뜻한 울림이 있는 향

향료들이 조제실에서 천천히 블렌딩되면서, 약국 안 공기는 차분하면서도 따뜻한, 그리고 은은한 희망이 느껴지는 향기로 번져 나갔다. 조제가 끝난 향기가 담긴 병을 그녀에게 건네며, 나는 그녀의 눈을 바라보며 부드럽게 말했다.

"이 향기는 당신이 잠시 잊고 있던 당신의 이름을 공기 속에서 조용히 다시 불러주는 처방이에요. 엄마가 되기 전에, 아내가 되기 전에, 그저 당신 자신으로 불리던 그 소중한 이름을요."

그녀는 조심스럽게 향기가 담긴 병을 받아들고, 그 향기를 들이마셨다. 처음엔 마치 낯선 공기를 대하는 듯 숨이 짧고 불안했지만, 곧 그녀의 호흡은 천천히 깊어졌다. 이내 그녀는 눈을 감았고, 속눈썹 끝이 미세하게 파르르 떨렸다. 무언가 깊은 감정이 움직이는 듯했다.

"이 향기… 어딘가 익숙한데… 아… 제가 결혼 전에 정말 좋아했던 바디로션 향과 비슷해요. 정말 매일 매일 기분 좋게 발랐던 건데… 정말 오랜만이네요."

그녀는 말끝을 흐리며 희미하게 미소 지었다. 그 미소는 억지로 지어낸 것이 아니라, 아련한 추억과 함께 찾아온 작은 위안처럼 보였다. 그리고 눈을 다시 감고 한참을 조용히 앉아 향기를 들이마셨다. 그녀를 둘러쌌던 흐릿한 공기 속에 희미한 색깔이 번지는 것이 보였다.

마침내 그녀가 눈을 뜨며 말했다. 목소리에 작은 생기가 돌고 있었다.

"이 공기 안에서는… 제가 엄마가 아닌 '나'여도 되는 것 같아요. 숨통이 트이는 것 같아요."

나는 그의 말에 따뜻한 미소로 화답했다. 그리고는 아무 글자도 적히지 않은 비어있는 작은 라벨 하나를 그녀에게 건네고, 옆에 펜도 함께 놓아주었다.

"이 라벨에 당신의 이름을 직접 적어 이 유리병에 붙여 보세요. 이제부터 이 향기는 당신 자신을 위한 향기예요."

그녀는 잠시 망설이다가, 떨리지만 결연한 손으로 천천히, 그러나 단호하게 자신의 이름 세 글자를 라벨 위에 적었다. 그리고 그 이름을 적은 라벨을 유리병에 붙인 뒤, 유리병을 양손으로 꼭 쥐며 중얼거렸다.

"향기 하나만으로도 이렇게 마음이 달라질 수 있다면… 오늘 하루는… 아니, 내일 하루도… 견딜 수 있을 것 같아요."

그녀의 눈가에 촉촉하게 이슬이 맺혔지만, 그것은 슬픔의 눈물이 아니라 작은 희망과 안도감의 눈물처럼 보였다. 그녀의 주변 공기는 여전히 완전히 맑아지지는 않았지만, 희미하게나마 그녀 본연의 색깔이 되살아나고 있었다.

그녀가 약국 문을 열고 나가는 뒷모습을 바라보며, 나는 그녀의 공기 속에 움튼 작은 변화를 느꼈다. 그리고 그녀를 통해 나 자신을 되돌아보게 되었다.

2023. 10. 10.

나는 무엇을 할 때 가장 행복한가?

나는 최근 언제 가장 기뻤는가?

나는 휴식을 어떻게 취하고 있는가?

스스로 질문해 보라고 그녀에게 말해주고 싶었다.

그런데…

나 역시도 그 어떤 질문에도 대답을 할 수가 없다.

나의 공기는 언제부터 이렇게 흐릿해졌을까?

그녀의 흐릿한 공기 속에서 나의 그림자를 보았다.

나의 주변 공기가 점점 더 흐릿해지고 있었다. 다른 사람의 향기는 희미하게라도 보이는데, 나 자신의 향기는 이제 거의 느껴지지 않았다. 너무 오랫동안 타인에게만 집중한 나머지, 나의 내면은 점점 더 텅 비어가고 있었다. 어느 순간부터, 나조차도 나를 잃어가고 있었다는 것을, 그녀의 모습을 통해 비로소 깨닫게 된 것이다.

처방

시간이 흐르며 약국 안의 풍경은 조금씩 바뀌었다. 낡고 투박했던 선반은 이제 형형색색의 향료 병들로 가득했고, 손님들의 마음을 기록한 메모로 빼곡한 노트는 수십 권이 쌓여 책장 한 칸을 꽉 채웠다. 하루하루 약국을 지키며, 나는 수많은 사람들의 감정과 마주하고 그들에게 맞는 향기를 조제하며 나의 세계를 넓혀갔다. 매일 아침 일찍 약국 문을 열고 새로운 손님을 기다리는 일은 나의 일상이자 존재의 이유가 되었다.

그날도 여느 때처럼 아침 햇살과 함께 약국 문을 활짝 열었다. 시원한 아침 공기가 약국 안으로 밀려들어와 밤새 묵었던 기운을 걷어냈다. 하지만 어쩐지 그날따라 찾아오는 손님들의 감정이 흐릿하게 느껴졌다. 마치 안개가 낀 듯, 그들의 얼굴에서 감정의 윤곽이 뚜렷하게 읽히지 않았다. 그들의 주변을 감싸고 있던 공기 속에서도 이전에 선명하게 보였던 감정의 색깔과 질감이 이전보다 더디고 희미하게 읽혔다. 불안, 슬픔, 분노... 익숙했던 감정들이 희미한 잔상처럼 흔들릴 뿐, 예전처럼 명확하게 다가오지 않았다.

향기를 처방해야 하는 순간에는 향료를 들고 조제실에서 잠시 망설였다. 평소에는 손이 저절로 움직이며 필요한 향료를 정확하게 집어 들었었다. 손님의 공기를 느끼는 순간, 머릿속에 섬광처럼 스쳐 지나가던 향료들이 있었다. 하지만 그날은 이상할 정도로 조제가 어려웠다.

어떤 향기가 이 손님의 마음에 닿을 수 있을까?
어떤 향기가 이 흐릿한 공기를 정화할 수 있을까?

수많은 향료 병들 앞에서 한참을 서성였다. 답을 찾기 위해 그동안 빼곡히 기록해둔 노트를 펼쳐보았다. 노트 위의 글씨는 분명하고 선명했지만, 그 글씨가 담고 있던 향기의 기억이 떠오르지 않았다. 마치 처음 보는 낯선 언어처럼 느껴졌다. 한참을 헤매다 겨우 감으로 몇 가지 향료를 섞어 향기를 만들고 손님에게 건넸다. 손님은 고맙다고 인사하며 약국을 나섰지만, 나는 개운치 않은 기분이었다. 내가 제대로 된 향기를 조제한 것인지 확신할 수 없었다.

손님을 돌려보낸 후, 나는 혼자 약국 구석에 놓인 낡은 의자에 앉아 숨을 크게 쉬었다. 심장이 불안하게 뛰고 있었다.

이 기분은 언제부터 시작되었을까? 손님들의 감정은 물론이고, 내 감정조차 흐릿하게 보이지 않기 시작한 것이. 나의 특별한 능력이 점점 희미해지고 있다는 사실이 두려웠다. 내가 가진 유일한 재능, 사람들의 마음을 읽고 치유하는 이 능력을 잃어버린다면 나는 더 이상 무엇을 할 수 있을까?

손님이 더 이상 찾아오지 않는 저녁 무렵, 약국 문을 굳게 걸어 잠그고 혼자 조제실로 들어섰다. 오래된 목재 선반에는 수많은 유리병들이 나란히 줄지어 있었지만, 그 어떤 향기도 예전처럼 생생하게 마음속으로 들어오지 않았다. 조제실 안의 공기는 무겁게 가라앉아 있었고, 불안은 그 공기 속에서 또렷한 회색빛으로 점점 번져나가고 있었다.

'왜 갑자기 아무것도 느끼지 못하는 거지?'

두려움이 더욱 강하게 등줄기를 타고 올라왔다. 손이 미세하게 떨리기 시작했다. 심장이 요동치고, 숨쉬기가 버거워졌다. 속이 울렁거리고 매스꺼워졌다. 이대로 능력을 완전히 잃어버릴지도 모른다는 공포심이 덮쳐왔다.

무작정 메모 노트를 다시 펼쳤다. 수많은 사람들의 이름과 그들의 감정, 그리고 그에 맞는 향기 처방 레시피가 빼곡히 적혀 있었다. 글씨를 따라 읽어봤지만, 마치 처음 보는 글자처럼 낯설기만 했다. 이 모든 기록들이 나에게는 더 이상 아무런 의미도 갖지 못하는 듯했다.

혼란 속에서 시간이 얼마나 흘렀을까. 약국 밖 창문은 이미 어둠으로 가득 찼고, 길거리의 가로등 불빛만이 희미하게 새어 들어왔다. 어스름한 공기가 약국 안을 휘감으며 더욱 쓸쓸한 분위기를 자아냈다. 결국 자리에서 천천히 일어나 작은 서랍장 깊은 곳에서 낡은 나무 상자를 꺼냈다. 먼지가 살짝 묻은 그 상자 속에는 오래된 엄마의 꽃무늬 손수건 한 장이 정성스레 접혀 있었다. 손수건을 천천히 펼치자 아주 희미하지만 은은한 꽃향이 코끝을 간질였다. 어릴 적 엄마 품에 안겨 맡았던 그 향기.

숨을 깊게 들이쉬며 그 희미한 향기 속에서 오랫동안 잊고 있던, 어린 시절을 떠올렸다. 엄마의 따뜻한 품, 나를 감싸 안아주던 부드러운 손길, 그리고 그 손수건에서 나던 편안한 향기…. 그 모든 기억들이 물밀듯이 밀려왔다. 마치 나를 보호해주던 부드러운 공기가 다시 내 주변에 피어오르는 느낌이었다. 조제실에서 한참을 서서 그 기억과 향기를 되새기다가, 천천히 움직이기 시작했다.

수많은 향료들 앞에 다시 섰다. 엄마 냄새가 희미하게 나는 손수건을 곁에 두고, 천천히 향료 병들을 꺼냈다. 이번엔 오랜만에, 오롯이 나 자신만을 위한 향기를 만들고 싶었다. 손님들을 위한 처방이 아닌, 지치고 불안해진 나 자신을 위한 위로의 향기.

*탑: 배, 레몬

달콤하고 싱그러운, 아침 햇살같은 밝음

*하트: 자스민, 일랑일랑

익숙하고 포근한,

나를 보호해 주던 손수건의 향기

*베이스: 화이트 머스크, 모스

엄마 품처럼 따뜻하고 포근한 안정감과 깊이감

정성껏 조제된 향기를 작은 유리병에 담고, 작은 라벨을 붙였다.

'온기의 향기'

그것은 단순한 향기의 이름이 아니라, 나에게 가장 필요한 위로와 안정의 상징이었다. 조제된 향기를 앞에두고 조심스럽게 호흡했다. 아주 희미한 향이 천천히 코끝을 간질였다. 눈을 감고 몇 번이고 깊게 숨을 쉬었다. 처음엔 여전히 아무것도 느껴지지 않는 듯했다. 심장이 다시 불안하게 뛰었다. 계속해서 숨을 쉬었다. 향기에 집중하고, 내 안의 감각에 귀 기울였다.

그리고, 천천히 흐릿했던 기억들이 하나 둘 떠올랐다. 어린 시절 엄마가 나를 따뜻하게 바라보며 손수건을 묶어주던 밤, 처음으로 향기를 조제하며 타인의 아픔을 읽고 그들의 감정을 위로했던 날들…, 수많은 손님들과의 만남, 그들의 미소와 눈물, 그리고 내가 건넨 향기가 만들어냈던 작은 기적들. 그 모든 순간들이 조각조각 내 안에서 다시 뚜렷해졌다. 마치 흩어졌던 퍼즐 조각들이 제자리를 찾아가는 것처럼, 흐릿했던 나의 감정이 조금씩 생생히 되살아나고 있었다. 슬픔, 기쁨, 불안, 안도... 그동안 외면했던 나의 감정들이 선명한 색과 냄새를 가지고 나에게 말을 걸어오는 듯했다. 그렇게 천천히 나를 다시 발견했다. 약국 문을 닫고, 손님들을 위한 향기 조제를 멈춘 채, 오롯이 나 자신과 마주하는 시간을 가졌다. 며칠동안 조제실에서 나는 그동안 내가 느꼈던 감정들을 솔직하게 적어내고, 그 감정 하나하나에 맞는 향기를 만들어냈다. 불안할 때 필요한 향기, 슬플 때 위로가 되는 향기, 기쁠 때 함께 웃어주는 향기….

낡은 나무 선반에는 단 하나도 존재하지 않았던 '나'의 유리병이 하나씩 늘어가고 있었다. 그것은 나 자신을 이해하고 사랑하는 과정이었다.

일주일이 지난 다음 날 아침, 나는 마음을 다잡고 다시 약국 문을 열었다. 창을 활짝 열자 부드러운 햇살이 약국 안으로 조용히 들어왔다. 차가웠던 공기는 따뜻해졌고, 무거웠던 불안은 사라져 있었다. 더 이상 불안한 공기가 느껴지지 않았다. 그 자리를 대신한 것은 잔잔하고 편안한 향기의 여운이었다. 그것은 내가 나를 위해 조제했던 향기들이 만들어낸 공기였다.

손님들이 하나 둘 찾아왔다. 이제 그들의 공기를 다시 선명하게 읽을 수 있었다. 하지만 예전처럼 무리하지 않았다. 그들의 이야기에 더 깊이 귀 기울이고, 그들의 마음이 진정으로 원하는 것이 무엇인지 더 천천히 살폈다. 그리고 그에 맞는 향기를 더 신중하고 따뜻하게 조제했다. 더 이상 완벽한 향기 조제사가 되기 위해 나 자신을 몰아세우지 않았다. 그저 온전한 나로서, 사람들에게 진심으로 다가가 위로를 건네는 것으로 충분했다.

그렇게 시간이 흐른 뒤, 약국 문을 열고 나가던 어느 한 손님이 나에게 말했다. 그녀는 처음 약국에 왔을 때 깊은 슬픔에 잠겨 있었지만, 이제는 얼굴에 잔잔한 미소를 띠고 있었다.

“약사님은 다른 사람의 마음을 너무 잘 알아주는 분 같아요. 덕분에 정말 큰 위로를 받았어요.”

그녀는 잠시 망설이다 조심스럽게 물었다.

“그럼, 약사님은…, 본인 향기는 스스로 만드시나요?”

그녀의 갑작스러운 질문에 잠시 숨을 고르고, 따뜻한 미소를 지으며 대답했다.

"아, 네. 사실… 저도 저에게 필요한 향기를 생각하지 못하고 있었어요. 이제부터는 돌보려고 해요. 제 마음도, 제 안의 공기도, 그리고 저만의 향기도요."

그 말은 진심이었다. 더 이상 내 마음을 외면하거나 잃어버리지 않기로 했다. 타인의 향기를 돌보는 만큼, 나의 향기도 소중히 돌보기로 스스로에게 다짐했다. 나 자신을 먼저 돌봐야 다른 사람에게도 진정한 위로와 도움을 줄 수 있다는 것을 깨달았기 때문이었다.

그리고 그날 밤, 약국 문을 닫고 조용히 노트를 펼쳤다.

2024. 1. 18. 온기를 품은 밤.

가끔은 모든 것을 멈추고,

깊이 숨을 쉬며

내 안의 향기를 바라볼 것.

내가 나를 잃어버리지 않도록 :)

내 마음속의 공기는 다시 맑고 선명해졌다. 따뜻하고 안정적인 나의 색깔로 가득 채워졌다.

낡은 약국 창문으로 들어오는 따뜻한 가로등 불빛. 그 불빛에 비쳐 반짝이는 수많은 향료 병들을 보며 나는 문득 행복감을 느꼈다.

이 낡은 공간이 나에게, 그리고 이곳을 찾는 사람들에게 얼마나 소중한 공간이 되었는가. 처음 이곳을 발견했을 때 느꼈던 '숨 쉴 틈'과 '마음이 쉬어가는 곳'이라는 느낌은 이제 현실이 되어 있었다.

향기약국

초판 1쇄 발행 2025년 11월 11일

지은이 민나라
편집 및 디자인 민나라

발행처 인디펍
발행인 민승원
출판등록 2019년 01월 28일 제2019-8호
전자우편 cs@indiepub.kr
대표전화 070-8848-8004
팩스 0303-3444-7982

정가 9,900원
ISBN 979-11-6756755-0 (03810)